Moritz Roth

Quellen einer Vesalbiographie

Moritz Roth

Quellen einer Vesalbiographie

ISBN/EAN: 9783743310018

Hergestellt in Europa, USA, Kanada, Australien, Japan

Cover: Foto ©Raphael Reischuk / pixelio.de

Manufactured and distributed by brebook publishing software (www.brebook.com)

Moritz Roth

Quellen einer Vesalbiographie

Quellen einer Vesalbiographie.

Von

M. Roth.

Separatabdruck aus den
Verhandlungen der Naturforschenden Gesellschaft in Basel VIII.

Basel.
Buchdruckerei von J. G. Baur.
1889.

Ueber das Leben des grossen Vesal, welcher die Anatomie erneuert und den Grund zur freien Entwicklung der Medizin gelegt hat, berichten die Schriftsteller sehr widersprechende Dinge. Zu den Widersprüchen gesellen sich einige wesentliche Lücken: so erhält man über die letzten zwanzig Jahre seines Lebens nur dürftigen Bescheid. Und doch ist Vesal nicht erst als Greis berühmt geworden und hat nicht etwa in der Verborgenheit gelebt. Sein Hauptwerk, womit er alsbald die Bewunderung der Besten erwarb, schrieb er vielmehr als junger Mann, seine Anatomie lehrte er an den bedeutendsten Universitäten Italiens, und übte die Heilkunst am Hof mächtiger Fürsten, eines Karl V. und eines Philipp II. von Spanien. Die Unsicherheit der Autoren beruht zunächst darauf, dass Vesals vielbewegtes Leben weder von ihm selbst noch von einem genügend unterrichteten Zeitgenossen beschrieben worden ist. So entbehrte die Vesalforschung von Anfang an eines festen Rückhaltes. Nun ist aber diese Verwirrung und Dunkelheit keine nothwendige. Manches lässt sich feststellen und klarlegen, wenn nur die Quellen gehörig zu Rathe gezogen werden. Eben auf die Quellen der Vesalbiographie bezieht sich folgende Mittheilung.[1]

I. Vesals Schriften.

Als Quellen ersten Ranges müssen Vesals Schriften betrachtet werden. Sehr viele Vergleichungen haben gezeigt, dass den Angaben dieses Autors ein hoher Grad von Zuverlässigkeit innewohnt. Nirgend kann man ihm geflissentliches Entstellen und Verbergen der Wahrheit nachweisen. Um so dringender wird die Pflicht, seine sämmtlichen Schriften zu berathen, Echtes von Unechtem streng zu sondern. Die Prüfung muss an den Originalausgaben geschehen. In neuerer Zeit werden folgende Werke aufgezählt:[2]

1. Paraphrasis in nonum librum Rhazae . . Lovan. 1537. Bas. 1537.
2. Tabulæ anatomicæ. Venet. 1538.
3. Institutionum anatomicarum . . libri quatuor, per Joannem Guinterium . . Ab Andrea Wesalio Bruxellensi auctiores et emendatiores redditi Venet. 1538.
4. Epistola, docens venam axillarem dextri cubiti in dolore laterali secandam . . Bas. 1539.
5. De humani corporis fabrica libri septem Bas. 1543.

---

[1] Frühere Veröffentlichungen: Andr. Vesalius in Basel, Beiträge zur vaterländ. Gesch. Basel (1885) 1886. N. F. II, H. 2 S. 159 ff. — A. Vesal. Bruxell. Rede. Basel (1885) 1886.

[2] Haeser Lehrbuch der Geschichte der Medicin II³, 1881, 36. Genaue Titelangaben bei F. Vanderhaeghen Biblioth. Belgica. Die Titel gebe ich ausführlich bloss für Nr. 9. 10. 11.

6. Suorum de humani corporis fabrica librorum Epitome Bas. 1543. (Deutsch durch Alb. Torinus Bas. 1543.)
7. Epistola, rationem modumque propinandi radicis Chynæ decocti . . pertractans . . Bas. 1546.
8. De humani corporis fabrica libri septem Bas. 1555.
9. Gabrielis Cunei Mediolanensis, Apologiæ Francisci Putei pro Galeno in Anatome, Examen. Venetiis, Apud Franciscum de Franciscis Senensem, 1564.
10. Andreæ Vesalii, Anatomicarum Gabrielis Falloppii observationum examen. Venetiis, Apud Franciscum de Franciscis, Senensem. 1564.
11. Andreæ Vessalii Bruxellensis Philippi Hispaniarum regis medici, Chirurgia magna in septem libros digesta. In qua nihil desiderari potest, quod ad perfectam, atque integram de curandis humani corporis malis, methodum pertineat. Prosperi Borgarutii Excellentissimi Philosophi, ac Medici Regii, opera, atque diligentia expolita, emendata, in ordinem digesta, comparata, et ut sua edita. Cum amplissimis Indicibus tum capitum: tum rerum omnium memorabilium. Venetiis, Ex officina Valgrisiana. 1568.

An der Echtheit der unter dem Namen und zu Lebzeiten Vesals erschienenen Werke kann kein Zweifel bestehen und hat auch nie bestanden.[1] Der Inhalt, die

---

[1] Nur die Echtheit der Paraphrasis (Nr. 1) ist im 17. Jahrh. (s. Mercklin Lindenius renovatus) angezweifelt worden. Mit Unrecht, denn sie erscheint unter Vesals Namen auch im Rhazes seines Freundes Alb. Torinus, Basil. 1544, und was die Hauptsache ist,

Bezugnahme des Verfassers auf seine frühern Arbeiten, die Zeugnisse zuverlässiger Zeitgenossen beweisen unwiderleglich den Vesalischen Ursprung. Auch gegen die wenigen nach Vesals Tod gedruckten Consilien lässt sich kein begründeter Einwand erheben. Anders verhält es sich mit der unter dem Namen Gabriel Cuneus erschienenen Streitschrift (Nr. 9) und der vier Jahre nach dem Tode Vesals von Prosper Borgarutius herausgegebenen Chirurgia magna (Nr. 11). Da beide Werke in neuerer Zeit ziemlich allgemein als Vesalische gelten und in Folge hievon die Biographie des grossen Anatomen nicht unerheblich verändert, oder wie ich schon jetzt sagen will, gefälscht worden ist, so muss die Sache einlässlicher geprüft werden.

A. Die Schrift des Gabriel Cuneus 1564.

Die unter dem Namen Gabriel Cuneus erschienene Schrift enthält eine Vertheidigung der Vesalischen Anatomie gegen die Angriffe eines starren Galenikers, Francesco Pozzi von Vercelli (Apologia in Anatome pro Galeno, contra Andream Vessalium Bruxellensem, Francisco Puteo Medico Vercellensi Authore. Venetiis 1562). Zuerst behauptete den Vesalischen Ursprung jener Vertheidigung der Arzt und Mathematiker Hieronymus Cardanus, welcher bei Cuneus p. 70 rühmlich erwähnt wird und in seiner nicht vor dem Jahr 1576 vollendeten Autobiographie unter den Testimonia clarorum virorum de me aufführt: Andreas Vesalius in Apologia contra Puteum: sed sub titulo Gabrielis filii Zachariæ.[1] Die An-

---

Vesal selbst tritt für seine Arbeit ein. Epistola Chyn. (Nr. 7) 1546 p. 195: illa [paraphrasis] quæ in nonum librum [Rhazes] prostat a me conscripta …

[1] Hier. Cardani Mediolanensis De propria vita liber c. 48. Erste Ausgabe Paris 1643.

gabe wurde später von Jacob Douglas[1] aufgegriffen und von Boerhaave und Albinus[2] in die Vesalbiographie eingebürgert. Stil und Orthographie, vor Allem dass Cuneus als Feldarzt deutsche und schweizerische Kriegsknechte zergliedert habe, sprechen ihnen für die Verfasserschaft Vesals. Nachdem dann noch Martine[3] den scheinbar schwerwiegenden Grund beigefügt hatte, dass die vom 26. März 1563 datirte Schrift des Cuneus die Vesalische, erst im Jahr 1564 veröffentlichte Antwort (oben Nr. 10) auf Falloppias Observationes kennt, schlossen sich viele Autoren wie Haller, Sprengel, Haeser dieser Ansicht rückhaltlos an.[4]

Vor allem muss festgestellt werden, dass Gabriel Cuneus wirklich existirt hat und zwar als Professor der Medizin zu Pavia. Im Jahr 1552 wurden ihm Gelder überwiesen um ein anatomisches Theater zu errichten; 1554 wurde er zum Lehrer der Anatomie ernannt, und erst 1573 auf 74 trat an seine Stelle Jo. Bapt. Carcanus.[5] Gabr. Cuneus war nebst einigen Anatomen von Franc. Puteus in einer Weise erwähnt worden als wären sie mit ihm einverstanden.[6] Um sich und seine nord-

---

[1] Bibliogr. anat. specimen, ed. 1734, p. 124.
[2] Vesalii opera I, 1725, praef. *****2a.
[3] In Barthol. Eustachii Tabulas anatomicas commentaria 1755 p. 16.
[4] H. Tollin Biol. Centralbl. 1885 V, 413 meint, Vesal nenne sich desshalb Cuneus, weil 'es sich in dem Streit vornämlich um einen Knochen handelt, der einem Keile ähnlich sieht (cum cuneo assimilatum os)'.
[5] (A. Corradi) Memorie e documenti per la storia dell' Università di Pavia I, 1878, 127.
[6] Fr. Puteus 1562 p. 37ᵇ . . Ticini ubi est Gabriel Cuneus . . cum Petro Martire Trono . . singulis annis Anatomen publice profitentes . . .

italischen Kollegen von dieser Verdächtigung zu reinigen, ergreift Cuneus die Feder[1] und bekennt sich unumwunden als Anhänger Vesals. Cuneus als Lehrer der Anatomie in Pavia und Mailand kann gar wohl einige deutsche und schweizerische Söldner zergliedert haben.[2] Die Behauptung von der Uebereinstimmung seines Stils mit dem Vesals wird nicht näher begründet, lässt sich also auch nicht genauer untersuchen. Treffend aber ist die Bemerkung Martines, dass Cuneus Vesals Falloppii observationum Examen kennt. Wirklich beruft sich Cuneus mehrfach (z. B. p. 13. 21. 39. 73) auf letztgenannte Schrift und entlehnt daraus Sachliches und selbst Wendungen.[3] Allein da Vesal, damals in Madrid, seine Antwort an Falloppia bereits Ende 1561, mehr als ein Jahr vor der Abfassung von Cuneus' Vertheidigung geschrieben hat[4] und beide Abhandlungen beim gleichen Verleger zu Venedig 1564 erschienen sind, so ergeben sich verschiedene Möglichkeiten einer Communication vor der Veröffentlichung. Einmal könnte eine Abschrift des für den Anatomen Falloppia bestimmten Manuscriptes noch von Spanien aus in Cuneus' Hand gelangt sein,[5] oder der Buchhändler, welcher bei der Durchreise Vesals

---

[1] Cuneus 1564 p. 3.

[2] Cuneus p. 15 . . Germanorum et Helvetiorum militum aliquos expendi, quibus caput latius quam longius . . extitit. Von einem Feldarzt kommt Nichts vor.

[3] z. B. Vesal. Fall. Ex. gegen Ende: levi opera . . und Cuneus gegen Ende: levi labore . . .

[4] Fall. Examen p. 171: Madritii, ex aula regia, 27 decembris, anno 1561.

[5] Von solchen Sendschreiben circulirten im 16. Jahrh. öfter vor dem Druck Kopieen: lehrreich in dieser Hinsicht ist Vesals Epist. Chyn. 1546 Dedicat.

nach Jerusalem dessen Manuscript in Verlag nahm,[1] theilte dasselbe vor der Drucklegung dem G. Cuneus zur Einsicht mit. Wie dem auch sei, der Beweis Martines kann nicht als zwingend erachtet werden.

Endlich noch ein Wort über den Urheber der jetzt landläufigen Angabe: Cardanus ist eitel und nicht völlig zuverlässig. Den Vesal erwähnt er verschiedene Male, bezeugt Hochachtung vor seinen Leistungen und Theilnahme an seinem Schicksal, er nennt ihn Freund, aber er hat ihn nach eigenem Zeugniss nicht persönlich gekannt[2] und berichtet nicht durchweg genau über ihn. Die Aussage über das Buch des Cuneus ist geschrieben nach Vesals und wohl auch nach Cuneus' Tod († 1573? s. oben). Sie gelangte an die Oeffentlichkeit erst im Jahre 1643. Kein anderer Zeitgenosse Vesals hat Derartiges geäussert. Cardanus' Angabe gilt uns nicht als Beweis.

Die Verfasserschaft Vesals ist aber nicht nur unbewiesen, sie erscheint geradezu unmöglich bei eingehender Prüfung der in Frage stehenden Abhandlung. Wir wollen kein grosses Gewicht darauf legen, dass der Autor seine Anatomie durchweg aus Vesal holt, kaum Spuren von selbständiger Beobachtung zu erkennen giebt, dass folglich die hier vorgetragene Anatomie schattenhaft bleibt und weit hinter jener plastischen Wirkung von Vesals Epist. Chyn. 1546 und auch Fall. Examen

---

[1] Fall. Examen 1564, Typographus lectori. Das gleichzeitig für Vesals und Cuneus' Werk genommene Privilegium s. unten Urkunde XIII.

[2] Brasavolum . . nunquam vidi: ut neque Vesalium quamquam intimum mihi amicum. De libris propriis. Opp. omnia 1663 I, 138^a. Das Buch ist von 1554. Auch später fand sich kaum Gelegenheit zu persönlichem Verkehr.

1564 zurücksteht. Man könnte das allenfalls einer Abnahme der schöpferischen Kraft Vesals zuschreiben. Dagegen finden sich in der farblosen Darstellung des Cuneus einige Stellen, welche meines Erachtens direkt gegen die Urheberschaft Vesals zeugen. Hiezu gehören folgende:

Man versteht nicht wie Vesal in Bezug auf die Abzugswege des Gehirnschleimes sich an Leonhard Fuchs und Valverde anschliessen kann, gleich als hätten diese etwas Bessres gesagt als er. Hatte doch Vesal in der 2. Ausgabe der Fabrica (1555) Fuchsens Versuch, Galen in jener Sache zu retten, ausführlich widerlegt und seinen frühern Freund als Plagiator, und eben noch in Fall. Examen (1564) den Valverda als unerfahrenen, ungebildeten, gewinnsüchtigen Buchmacher gebrandmarkt.[1] Wie Cuneus kann nur schreiben, wer sich im Grund nicht ganz von Galen losgesagt und zwischen selbständiger Forschung und Plagiat nicht klar zu unterscheiden vermag.

Vesal hatte in der Fabr. (1543 V, 8 und ebenso 1555) die Beobachtung eines accessorischen in den Magen mündenden Gallenganges mitgetheilt. Sein Gegner Puteus (Apologia p. 151ª) hält den Fall für erdichtet: Vessalius potest suspicari mendax, quia fortasse non vidit

---

[1] Cuneus p. 16: Atque ita Fuchsii et Hispani illius [Valverdæ] et Vesalii sententiæ accedo ... Die Auseinandersetzung Vesals mit Fuchs über das Keilbein, Fabrica 1555 I, c. 6 p. 40 s. Die Stelle richtet sich gegen L. Fuchsii De humani corporis fabrica, ex Galeni et Andreæ Vesalii libris concinnatæ Epitomes pars prima (1551) p. 30 (die Conjektur $\sigma\varphi\eta\nu\iota$ statt $\mathring{\eta}\vartheta\mu\tilde{\omega}$). — Fuchs als Plagiator: Vesal. Fabr. 1555 II, c. 6, p. 281 Z. 1 ff. Valverda hatte fast sämmtliche Abbildungen aus Vesal entlehnt und ihn dazu häufig angegriffen.

id quod scripsit. Und Cuneus p. 97 ist diessmal weit entfernt davon für Vesal einzutreten, gibt vielmehr, da er selbst und die ihm befreundeten Anatomen jene Beobachtung nie gemacht haben, den Meister in wenig schonender Weise Preis. Er sagt, Puteus möge hier nicht so Unrecht haben . . . quem [Vesalium] etiam portionem illam non vidisse forsan merito suspicaris. Auch hier steckt Galen im Hintergrund.

Bei den Gehirnhöhlen, wo abweichende Ansichten über Galen in Einklang gebracht werden sollen, meint Cuneus durch eine Galen begünstigende Aenderung am Texte von Vesals Fabrica helfen zu können (Fab. 1555 VII, 6 p. 789 A). Abermals zeigt sich der Galeniker und zugleich die Aeusserlichkeit von Cuneus' Anatomie.[1]

Cuneus führt den berühmten Mathematiker Gemma Frisius als lebend auf, welcher doch schon am 25. Mai 1555, nach andrer Angabe allerdings erst 1558 zu Löwen verstorben war. Ein solcher Irrthum konnte wohl einem Italiener, nicht aber Vesal begegnen, der bis in das Jahr 1559 den Niederlanden angehörte und früher enge mit Reinerus Gemma Frisius befreundet gewesen war.[2]

Man sieht, die Schrift des Cuneus darf nicht unter die besten Quellen einer Vesalbiographie gerechnet werden. Sie stammt von einem äusserlich zur Anatomie Vesals schwörenden, innerlich von Galen nicht ganz abgelösten Zeitgenossen.

---

[1] Cuneus p. 120: Interim tamen, ne Galeni sententiam sibi dissonam arbitrer, et tu non aliquid saltem (etsi minimum sane) in Vesalio iure desiderare per universum tuum scriptum videaris, in sexto capite libri ipsius septimi in hunc modum lego . . (folgt der abgeänderte Vesalische Text).

[2] Vesal. Fab. 1543 I, 39 p. 161.

B. Die Chirurgia magna des Prosper Borgarutius 1568.

Wichtiger als die eben erörterte Frage ist die nach dem Verfasser der vier Jahre nach Vesals Tode von Prosper Borgarucci herausgegebenen Chirurgia magna. Dass dieselbe nach Sprache und Inhalt weit unter den von Vesal selbst veröffentlichten Werken steht, wird bei der ersten Betrachtung sofort klar. Sie ist auch nach eigener Aussage des Herausgebers von Einigen noch vor dem Erscheinen als Vesals unwürdig erklärt worden.[1] Jo. Bapt. Carcanus De vulneribus capitis 1583 (p. 4) hielt die Chirurgia magna für eine Schrift Falloppias; Fabricius von Hilden, Antonio Cocchi (1754) haben auf Entlehnungen aus Falloppia aufmerksam gemacht; Portal (1770) betont die ausgiebige Benützung von Guido de Cauliaco. Richerand (1827) nimmt eine Fälschung an.[2] Da indess Boerhaave und Albinus die Schrift ihrer Vesalausgabe einverleibt und biographisch verwerthet haben, sind ihnen die meisten Autoren hierin gefolgt oder sie bezeichnen, wie Haller, Burggraeve und Haeser einzelne Bestandtheile derselben als echt. Niemand hat indess die Angelegenheit, so tiefgreifend sie für die Auffassung Vesals ist, einer eingehenden Untersuchung für werth erachtet und so muss es jetzt geschehen. Um ein zuverlässiges Ergebniss zu gewinnen, setzen wir die einheitliche Entstehung des Werkes voraus. Allerdings weist das Titelblatt auf verschiedene Eingriffe des Herausgebers hin. Da sich indess die Aenderungen und Zuthaten des Letztern nirgend im Einzelnen angemerkt

---

[1] Chir. m. 1568 dedic. p. 65^b.
[2] Alf. Corradi, Memorie dell' Istituto Lombardo Sc. matem. XIII, 1874, p. 142 zweifelt sehr an der Echtheit.

finden, lassen sich Vesals und Borgaruccis Antheile von vornherein in keiner Weise sondern. Alle Versuche, die von namhaften Schriftstellern in dieser Richtung unternommen worden sind (s. unten), mussten nothwendig scheitern.

Borgarucci will der Handschrift Vesals zu Paris im Jahre 1567 begegnet sein und dieselbe um hohen Preis angekauft haben. Wirklich hat sich Vesal, wie eine Notiz der Fabrica von 1543 zeigt, eine Weile mit dem Plan eines chirurgischen Werkes getragen; doch spricht er später nicht mehr davon.[1] Auch das Ausbieten des Manuscriptes in Paris erweckt keinen Verdacht, da die Holzstöcke zu den anatomischen Bildern von den Erben Felix Plater in Basel angetragen worden sind.[2] Sollte es sich aber, wie Burggraeve meint, bei der Pariser Handschrift um blosse Notizen gehandelt haben, so war ihre Veröffentlichung ein Verstoss gegen den Sinn Vesals.[3]

Die Vollendung der Chirurgia magna verlegen Boerhaave und Albinus später als 1561; wir können sie genauer auf 1564, Vesals Todesjahr, ansetzen, da Borgaruccis öffentliche Zergliederung in Padua und seine Schrift über Anatomie erwähnt werden.[4] Wir fassen

---

[1] Fabr. 1543 IV, 9 in der Erklärung der Initialen E und F. In der Ausgabe 1555 fehlt diese ganze Einschiebung.

[2] Fel. Plater De corporis humani structura. Vorwort zu Lib. III.

[3] Ep. Chyn. 1546 p. 196: Es gereut ihn nicht seinen Galen verbrannt zu haben, da er in die Hände solcher Leute hätte kommen können, qui male a bene in marginibus scripta haud valuissent distinguere u. s. w.

[4] Chir. magna III, c. 16 p. 198ᵇ. — Tomasini Gymnas. Patavin. 1654 p. — 1564 die 17. Januarii Prosper Borgarutius destinatus fuit ad Anatomes administrationem. — Della contemplazione

nunmehr einige den Inhalt des chirurgischen Werkes betreffende Bemerkungen gruppenweise zusammen.

1. Vesals Leben und Zeitgenossen nach der Chirurgia magna.

Nach der Chirurgia magna gewinnt es den Anschein, als ob Vesal im Jahre 1528, also in seinem vierzehnten Altersjahr, Pestkranke behandelt habe: Chir. magna V, 13 p. 346 s. In den übrigen Werken Vesals kommt hievon Nichts vor.[1] — Nur in der Chir. magna I, 8 p. 59 ist von Vesals Studium in Montpellier die Rede, während in den andern Schriften von Löwen, Paris, Venedig gesprochen wird.[2] — An der gleichen Stelle der Chir. magna heisst Joh. Tagault Vesals Studiengenosse, während doch Tagault spätestens seit 1528 als Doctor med. zu Paris lebte.[3] — Ein ander Mal theilt der Verfasser der Chir. magna I, 16 p. 73 eine Beobachtung aus dem Türkenkrieg mit; in den echten Werken lässt Nichts auf Vesals Theilnahme an einem Türkenfeldzug schliessen. — Chir. magna IV, 4 p. 227 nennt rühmend ein von Jac. Sylvius in Paris verfasstes Tabellenwerk, welches doch Vesal im Jahre 1546 lächer-

---

anatomica sopra tutte le parti del corpo umano, Venet. 1564: laut Haller Bibl. An. I, 231. Zur Untersuchung der Contemplazione fehlte mir die Gelegenheit.

[1] Auch nicht wo der Pestbubonen gedacht wird: Brief vom Aderlass 1539 p. 11.

[2] Astruc Mémoires pour servir à l'histoire de la Faculté de Médecine de Montpellier 1767 schweigt ebenfalls von Vesal.

[3] Jo. Guinterius Andernacus wohnte damals bei Tagault: s. E. Turner, Jean Guinter d'Andernach S.-A. p. 302. Tagault las seit ungefähr 1536 in Paris über Chirurgie: s. das Vorwort in seiner Chirurgica Institutio 1543. Ueber Tagaults an Vesal verübtes Plagiat weiterhin.

lich gemacht hatte.[1] — Gabriel Falloppia ist nach der Chir. magna II, 2 p. 103 in Padua Schüler Vesals gewesen, während Falloppia selbst sich als dessen geistigen Schüler bezeichnet.[2]

2. Anatomie und Physiologie der Chirurgia magna.

Die anatomischen und physiologischen Bemerkungen der Chir. magna finden sich — über Lib. I, c. 2—7 später — auffallend sparsam und weichen vielfach von Vesal ab. Barbarische Benennungen wie spathula, siphac, adiutorium, kommen sehr häufig vor, bei Vesal ausschliesslich bei Feststellung der Synonymik. Vesals musculus cubitum flectentium anterior s. primus (Fabr. II, c. 46) heisst in der Chir. magna III, 9 p. 166: cubitum in anteriorem partem musculus superficialis flectens u. dgl. mehr. — Die Chir. magna macht die gröbsten Verstösse gegen die Vesalische Anatomie; II, c. 12 sagt, die Fingerknochen seien solid, während Vesal Fabr. 1543 I, c. 1 p. 2 zuerst ihren Markraum erwiesen hat. Die Patella wird Ch. m. II, c. 15 os cartilaginosum genannt, obschon Vesal Fabr. 1543 I, 32 dieselbe nachdrücklich als Knochen bezeichnet. Nachdem Vesal Sehnen, Bänder, Nerven und Muskeln auf das Schärfste geschieden und den Sehnen stumpfe Empfindung zugeschrieben hatte (Fabr. 1543 IV, 1. II, 1 p. 218. II, 2 p. 222), so werden hier die Dinge als Nervi in alter Weise zusammengeworfen und die Sehnen als sehr empfindlich dargestellt (Ch. m. I, c. 11 p. 66^b. III, 5 p. 152^b. III, c. 15 p. 194^b). Chir. magna endlich lässt den Falloppia bloss

---

[1] Ep. Chyn. 195. Die betreffende Schrift in J. Sylvii Opp. omnia 1635 p. 234.

[2] G. Fall. Observ. anatt. 1561 p. 4: in illius [Vesalii] schola (quia eius scripta diligenter legerim) versatus . . .

fünf Augenmuskeln annehmen, da doch dieser im Jahre 1561 auf sechs Muskeln besteht und Vesal ihm in seiner Antwort beipflichtet.[1]

3. Praktische Medizin der Chirurgia magna.

Ueber das Gemisch des chirurgischen Inhaltes nur wenige Andeutungen. Zahlreiche barbarische von Vesal grösstentheils verachtete Schriftsteller treten darin als Autoritäten auf. Von dem selbständigen denkenden Chirurgen, als welchen sich Vesal in einem Consilium von 1562 zu erkennen gibt, findet sich hier sehr wenig. Fast überall bewegt sich die weitschweifige Darstellung in den herkömmlichen Allgemeinheiten. Nur in einigen Abschnitten redet der Verfasser freier und berichtet von eigenen Erfahrungen. Am auffallendsten ist das Fehlen der Vesal eigenthümlichen Ansichten, Kenntnisse und Behandlungsmethoden. Vesal erwähnt 1543 (Fabr. I, 6 p. 27) die Epiphysenlösungen, während die Ch. magna hievon schweigt. Vesal warnt vor Brennen und Trepaniren der Fontanellgegend wegen des Blutleiters und der Knochengruben, während die Chir. magna II, 2 die Nähte zu meiden räth. In der letztern steht Nichts über die chirurgische Behandluug des traumatischen Empyems, Vesal dagegen empfahl und übte vielfach den Brustschnitt. Vesal kannte schon 1555 das spontane Aneurysma, Chir. magna V, 1 p. 269^b erwähnt bloss das Aderlassaneurysma. In der Aderlassfrage weicht die Chir. magna V, 6 gänzlich von Vesals ältrer und neuerer Ansicht ab. Carcinome will der Verfasser der Chir. magna V, 17 p. 350 im äussersten Falle mit Arsenik ätzen, Vesal hat wie sich aus Fall. Examen ergibt, mit dem Messer

---

[1] Fall. Obs. anatt. p. 69: Sunt itaque sex numero musculi a me describendi: Vesal. Fall. Ex. p. 50.

operirt. Und wenn Letzrer die angebliche Heilwirkung des Galenischen Herzknochens im Jahre 1543 und schon früher als Betrug entlarvt hat (Fabr. I, 20), so wird im Antidotarium der Chir. magna VI, 10 p. 414^a das Mittel ohne ein Wort der Aufklärung schlechthin verordnet.

4. Die Quellen der Chirurgia magna.

Die aufgezählten und manche andre Abweichungen nöthigen zur Frage, aus welchen Quellen die Chirurgia magna geschöpft ist. Die Beantwortung wird durch häufige Anführungen von Schriftstellern erleichtert. Thatsächlich finden sich zahllose wörtliche oder wenig veränderte Entlehnungen an Stellen, wo die Quelle gar nicht oder aber in einer Weise erwähnt wird, dass man ohne nachzuschlagen die Entlehnung nicht gewahrt.

Solche Plagiate stammen:

a) Aus Celsus De medicina. Celsus V, 26, 8. 9 findet sich wieder in der Chir. magna III, 16 p. 198^b: Igitur, corde percusso, sanguis multus fertur, venae elanguescunt [Chir. m.: Signa percussi cordis sunt sanguinis effluxio magna, venae languidae], color pallidissimus [Ch. m.: color corporis admodum pallidus], sudores frigidi, malique odoris, tamquam irrorato corpore oriuntur [Ch. m.: qui tanquam in rotato corpore oriuntur]: extremisque partibus frigidis matura mors sequitur [Ch. m.: frigidis, et tandem matura mors sequitur].

Pulmone vero icto spirandi difficultas est: sanguis ex ore spumans, ex plaga ruber [Ch. m.: sanguis spumans exiens tum ex vulnere, tum etiam ex ore, ex plaga rubens tamen] simulque etiam spiritus cum sono fertur: in vulnus inclinari iuvat: quidam sine ratione consurgunt [Ch. m.: consurgunt, inflammantur, tussiunt]: multi si in ipsum vulnus inclinati sunt, loquuntur; si in aliam partem, obmutescunt.

Celsus V, 26, 10 Leberwunden = Chir. m. III, 17 p. 202^b, Zeile 7—13. Celsus V, 26, 11. 12. 13. 16. 18. 19 = Ch. m. III. 17 p. 202^b, Zeile 18—21. Z. 13—17. p. 202^b, Z. 25 bis p. 203^a, 1 p. 202^b, Z. 2—7. III, 16 p. 198^b, 20. 27—29. III, 17 p. 202^b,

Z. 21—25. Weitere Stellen aus Celsus Lib. I procem., Lib. II præf., Lib. VIII, c. 7. 9. 10. 15. 17. 22. 24 trifft man in der Chir. magna Lib. I methodus; I, c. 1: II, c. 5: II, c. 13 und 10: I, c. 11. 13. 17. 18.

b) Aus Mesue[1] und Nicolaus[2] viele Vorschriften im Antidotarium (Chir. m. Lib. VI): zum Beispiel Emplastrum diachylon parvum Mesue p. 853, Chir. m. VI, 6 p. 388^b, Z. 26 bis p. 389^a, Z. 1. Ungt. Martianum, Arigon, de Althæa, Agrippæ bei Nicolaus p. 225, III, п; IV, а: p. 226, I, c; I, а. в; Chir. magna VI, 7 p. 395^a bis 396^b.

c) Aus Guido de Cauliaco: z. B. Guido V, 1, 6 ed. Joub. p. 231, Z. 6 von unten bis p. 232, 12 ist in der Chir. magna II, 13 p. 125^a, Z. 25 bis p. 125^b, Z. 11 verwendet worden.

d) Besonders ergiebig erweisen sich Jo. Tagaultii De chirurgica Institutione Libri quinque, Paris. 1543, ein Werk das selbst sehr stark aus Guido geborgt hat.

z. B. Tagault V, 3 p. 347, 22—25. 27—30. 35—37 zu vergleichen mit Chir. magna I, 8 p. 59^b. 16—27. 30 bis p. 60^a, 3. — Tagault II, 4 p. 141, 33—38 und Ch. m. III, 4 p. 142^b, 24 bis p. 143^a, 1. — Tag. II, 4 p. 173, 20—37 und Ch. m. III, 5 p. 151^a, 21 bis p. 151^b, 19. — Tag. II, 4 p. 176, 11—14. 26—31 und Ch. m. III, 5 p. 153^b, 4—8. 17—23. — Tag. II, 12 reichlich benutzt in Ch. m. III, 12. — Einiges aus Tag. II, 4 in Ch. m. III, 14. — Einiges aus Tag. II, 11 in Ch. m. III, 20; Tag. II, 13 in Ch. m. III, 15; Tag. II, 4 in Ch. m. III, 16; Tag. II, 11 in Chir. m. III, 20; Tag. III, 8—12 in Ch. m. IV, 8—12; Tag. III, 14. 15 in Ch. m. IV, 14. 15; Tag. I, 6 in Ch. m. V, 8—10; Tag. I, 15 in Ch. m. V, 17.

Auch die Materia chirurgica des J. Hollerius (Lib. VI Tagault) hat Viel geliefert, z. B. Lib. VI, c. 2 p. 361—364 an Ch. m. VII, 5 p. 450^b bis 451^b.

e) In grossartiger Weise sind zwei posthume Schriften Falloppia's geplündert worden: Libelli duo, alter de ulceribus, alter de tumoribus 1563[3] und: In Hippocratis Librum de vulneribus

---

[1] ich verglich Jac. Sylvii Opp. omnia 1635 p. 702 ss.

[2] Benutzt wurde Antidotarium Nicolai hinter Mesuæ ... opera ed. J. Costa Venet. 1570.

[3] mir lag vor Ed. secunda, Venet. 1566.

capitis . . expositio: letztere erschien im Jahr 1566, zwei Jahre nach Vesals Tod.

Falloppia De ulceribus c. 7—10 kehren grossentheils in der Chir. magna IV, c. 1—4 wieder; Falloppia c. 11. 14. 16 in Ch. m. IV, c. 6. 7; Fall. c. 18. 19. 21—23. 27. 26 in Chir. m. IV, c. 8. 11. 13. 14. 16.

Falloppia De tumoribus c. 26—30 werden in der Chir. m. V, c. 12—16 verwandt.

Falloppia De vulneribus capitis c. 13 giebt Stoff an Chir. magna II, c. 1; Fall. c. 14. 16. 17. 28ª. 46. 47 an Chir. m. II, c. 2; Fall. c. 36 an Chir. m. II, c. 16; Fall. c. 20. 21. 22. 37—42. 44. 48. 45. 49 an Chir. magna III, c. 5.

Alles zusammengenommen findet sich, dass zehn Kapitel des ersten Buches, neun des zweiten, eilf des dritten, fünfzehn des vierten, neun des fünften, sieben des sechsten, zwei des siebenten Buches, das heisst mehr als die Hälfte der Kapitel der Chirurgia magna kleinere oder grössere Plagiate enthalten. Die ausgeschriebenen Autoren gehören dem Alterthum, dem Mittelalter und der jüngsten Zeit an; eine Quelle ist so neuen Datums, dass der angebliche Verfasser der Chirurgia magna ihr Erscheinen nicht mehr erlebt hat.[1]

Eines verdient noch besondre Hervorhebung. Fast Niemand scheint bemerkt zu haben, dass auch Vesals Werke in Contribution gesetzt worden sind. Fürs Erste ist Vesals Abriss der grossen Anatomie, der Text der Epitome (Schriften Nr. 6) wörtlich in die Chirurgia magna[2]

---

[1] Sicherlich würden sich zahlreiche weitere Entlehnungen nachweisen lassen. Unter Anderm wäre Jo. de Vigo zu vergleichen; man beachte Vigo VI, 7. 8 und Chir. magna II, 9 p. 120ᵇ. 121ª; Vigo VI, 16 und Chir. m. II, 15 p. 129ᵇ. 130ª. Auch Fioravanti müsste zu Rathe gezogen werden.

[2] Lib. I, c. 2—7. Wiederholungen einiger Zeilen am Anfang von Kapitel 10. 15. 17 des ersten Buches und p. 159ª, Z. 26 bis p. 159ᵇ, Z. 6 von Buch III, c. 7.

übergegangen, und der Verfasser derselben macht daraus auch kein Hehl.[1] Zweitens erkennen wir Vesal wieder in drei anatomischen Figuren. Die meisten Abbildungen der Chirurgia magna sind chirurgischen Inhaltes und stammen fast sämmtlich aus Tagault. Auch jene anatomischen Bilder, drei Ansichten des Skelettes, finden sich bereits bei Tagault. Nun hat E. Turner[2] erkannt, dass die Skelette Tagaults nichts Andres sind als hässliche, verstümmelte und auf Umwegen gewonnene Kopieen der drei Skelettbilder in Vesals Tabulæ anatomicæ von 1538 (Schriften Nr. 2). Da aber die Zeichnungen in der Chirurgia magna viel sorgfältiger ausgeführt sind als bei Tagault (Paris. 1543), so vermuthet Turner, Borgarucci habe sie für die Ausgabe der Vesalischen Chirurgia magna neu schneiden lassen. Allein die Sache liegt etwas anders. Die drei Skelette der Chirurgia magna von 1568 finden sich bereits in der 1544 zu Venedig bei Vincentius Valgrisius erschienenen Oktavausgabe der Chirurgie Tagaults,[3] und die Officina

---

[1] Chir. magna I, 1 p. 19: Unde operæ precium esse duximus .. Epitomen humani corporis fabricæ hoc loco reponere .. qui Epitomen hac tantum de causa coegimus, ut cum chirurgia hac nostra iungi posset ex magna septem librorum mole ...

[2] Gazette hebdom. de Méd. et de Chir. 1877 p. 270 s. 1876 p. 819. — Wo das vierte Skelettbild der Chirurgia magna herstammt, vermag ich so wenig als Turner anzugeben. Jedenfalls ist es kein Original, wie sich aus dem unterhalb des Kinnes angebrachten, in der Chir. magna überflüssigen Pfeile ergiebt. Die Zeichnung ist fehlerhaft (eilf Rippen), übrigens möglicherweise Verballhornisirung der zweiten Skelettansicht von Vesals Fabrica.

[3] Joannis Tagaultii Ambiani Vimaci, Parisiensis Medici, De chirurgica institutione libri quinque, jam denuo accuratius recogniti, ac a mendis plerisque vindicati .. Venetiis. Ex officina Erasmiana apud Vincentium Vaugris .. 1544. 8⁰. 417 bezifferte Blätter.

Valgrisiana hat beim Druck der Chirurgia magna einfach die alten Holzstöcke von 1544 verwendet.[1] So gelangten drei der ältern Tafeln Vesals nach wechselvollen Schicksalen zum zweiten Mal unter dem Namen ihres Urhebers an die Oeffentlichkeit.

5. Die angeblich echten Abschnitte der Chirurgia magna.

Der thatsächlich von Vesal herstammende Antheil der Chirurgia magna besteht sonach aus drei anatomischen Figuren vom Jahr 1538 und dem Text der Epitome von 1543. Nun glauben aber einige Schriftsteller den Geist und die Beobachtung Vesals in diesem oder jenem chirurgischen Abschnitte des Werkes zu erkennen.

Haller (Bibl. chirurg. I, 193) hält trotz mancher Zweifel Einiges in der Chirurgia magna für echt. Ipse tamen Vesalius apud B. [Borgarutium] loquitur adque sua provocat experimenta. De calamitate: eam sæpe se vidisse confirmat, et in vitreis vasis est imitatus. Aber die Stelle, welche Haller im Auge hat (Chir. magna II, 2 p. 91), ist fast wörtlich aus der zwei Jahre nach Vesals Tod erschienenen Abhandlung Falloppias De vulneribus capitis 1566 c. 14 abgeschrieben. Und wenn Haller fortfährt: Saniem fractæ calvariæ per os vidit egestam, so stammt auch diess aus der genannten Quelle.[2]

---

[1] Diese 1544 verbesserten, übrigens sehr kleinen Figuren sind vielfach reproducirt worden: im Tagault Lugd. 1549, im Tagault von C. Gesners Chirurgia Tig. 1555; im Tagault von Uffenbachs Thes. Chirurgiæ 1610; in Pierre Franco Traité des hernies 1561 und in Gio. Andr. dalla Croce Cirurgia universale Venet 1605, überall ohne Nennung Vesals.

[2] Fall. De vuln. cap. 1566 c. 47: Ego vidi homines expuere saniem a 4. ad 14. vel a 7. ad 14. — Chirurgia magna II, p. 96^b: Ego vidi homines expuere saniem a quar. ad 14. vel

Was Haller (Biblioth. med. pract. II, 32) zwar nicht gerade als Vesalisch bezeichnet, aber doch mit einigen Zeilen bedenkt, die Pest vom Jahr 1528 (oben S. 717), ergiebt sich als ein ungefähr zwölf Seiten umfassendes Plagiat aus Falloppius De tumor. c. 27.[1]

Besonders kühn ist das Verfahren, welches A. Burggraeve in seinem von edlem Patriotismus eingegebenen Werke eingeschlagen hat. Willkürlich greift er das ihm Zusagende aus der Chirurgia magna heraus[2] und verbrämt es mit wirklich Vesalischem aus der Fabrica und einem Consilium. Betrachte ich die neununddreissig der Chirurgia magna entnommenen Anführungen, welche doch wohl Kernstellen bedeuten sollen, so sind acht- oder neunundzwanzig davon Citate oder Plagiate aus fremden Schriftstellern: drei aus Celsus, neun aus Tagault u. s. f.; nicht weniger als vier stammen aus Falloppias De vulneribus capitis[3], jener Schrift, deren Erscheinen Vesal nicht mehr erlebt hat.

Folgen wir endlich dem Kritiker Haeser (Lehrbuch der Geschichte der Medizin II[3], 1881, 154). Haeser

---

sept. ad 14. — Das vulnus vesicae sanatum Hallers vermag ich nicht aufzufinden: sollte aber Heilung einer Bauchwunde gemeint sein, so stehen zwei Stellen zur Verfügung: Chir. m. II, 2 p. 94[b] s.: Adferunt exemplum in vulneribus abdominis . . und II, 2 p. 95[b] s.: ego habeo historiam unam superiorum annorum . . , welche beide wörtlich aus Falloppia De vuln. capitis 1566 c. 46 p. 56[a] und 56[b] entnommen sind.

[1] Haller fährt fort: Inde aliqua ad erysipelam, scirrhum. Auch diese Abschnitte stammen aus Falloppia.

[2] Burggraeve Etudes sur A. Vésale 1841 p. 343 . . en laissant de côté les détails parasites qui déparent l'ouvrage.

[3] Burggraeve p. 364 = Fallopp. De vuln. capitis 1566 c. 16 p. 27[b]. — Burggr. p. 366 = Fallopp. 1566 c. 17 p. 28[b]. — Burggr. p. 380 = Fallopp. 1566 c. 21 p. 35[b]. — Burggr. p. 382 (etwas gekürzt) = Fall. 1566 c. 22 p. 36[b].

hebt die Abschnitte von den Kopfverletzungen und von der Amputation hervor, welche mit glühenden Messern vorgenommen werden soll, um den Fortschritten des Brandes und den Blutungen vorzubeugen. Nun ist aber das Kapitel von den Kopfverletzungen (Chir. m. II, 2) fast ganz aus Falloppius De vuln. cap. zusammengetragen und das Kapitel von der Gangræn (V, 12) mit sammt dem glühend gemachten Messer fast wörtlich der Abhandlung Falloppias De tumoribus c. 26 entnommen.[1]

Schluss.

Wir erachten die Untersuchung als geschlossen. In jeder Hinsicht enthält die Chirurgia magna Befremdliches: Vesals Leben, seine Zeitgenossen, seine Anatomie und praktische Medizin zeigen sich in ungewohntem Lichte; Vesal tritt uns als Plagiator entgegen, während seine andern Werke eine Fülle von eigenen Beobachtungen und Gedanken enthalten. Vielleicht möchte sich der eine oder andre Leser mit Ausmerzung der sicher nach Vesals Tod hinzugekommenen Abschnitte Falloppias begnügen, im übrigen die Chirurgia magna für eine Compilation Vesals erklären. Aber sofort stellt sich dieser Anschauung die Vesals Leben durchkreuzende Episode vom Jahre 1528 (S. 717 und 725) entgegen,

---

[1] Einer weitern Bemerkung Haesers liegt wohl ein Quidproquo zu Grunde: Vesal 'selbst erzählt, dass er die im Felde vorkommenden Operationen seinem Freunde Castellanus überliess'. Ich finde hievon Nichts: die Angabe mag entstanden sein aus Burggraeve Etudes sur A. Vésale p. 44: il [Vésale] s'en remettait presque constamment de ce soin au Chirurgien Castillan qui servait avec lui. Aber dieser Chirurgien Castillan ist, wie sich aus Burggraeve p. 420 ergiebt, kein Andrer als der spanische Chirurg Dionysius Daza Chacon, der Obiges in seiner Chirurgie erzählt.

welche wir in einer Falloppischen Schrift vom Jahre 1563 nachgewiesen haben. Will man etwa den ganzen Falloppia ausscheiden, also einen guten Theil dessen was die Eklektiker Haller, Burggraeve, Haeser für echt vesalisch erklärt hatten, so genügt auch das nicht; denn Vesal müsste dann immer noch seine eigenen später weit von ihm überholten Figuren aus der Hand seines Plagiators Tagault zurückgenommen haben. Wie man sich auch stellen mag, man geräth da oder dort auf unlösbare Widersprüche.

Sie lösen sich alle mit Einem Schlage, wenn man sich dazu entschliesst die ganze Chirurgia magna für eine Fälschung zu erklären. In der That liegen die Absichten und Wege des Fälschers ziemlich offen da. Das gemeinsame Studium Vesals mit Tagault, das Studium Falloppias unter Vesal, das Rühmen Beider und hinwiederum ihre Bezeichnung als Plagiatoren,[1] All das bezweckt doch wohl nur, die Ausnutzung Tagaults und Falloppias durch den angeblichen Vesal zu beschönigen. Vesals Epitome fand, wie ich denke, desshalb Aufnahme, damit wenigstens etwas Echtes ausser den aus Tagault geholten Figuren in dem Werk enthalten sei. Ihre Wiederholung wird mit der Behauptung begründet, die Schrift sei von Anfang an zur Einfügung in die Chirurgia magna bestimmt gewesen, während sie Vesal 1543 ausdrücklich für Anfänger in der Anatomie und als Vorbeugemittel gegen Gelüste der Plagiatoren herausgegeben hatte. Um die Entlehnungen zu verbergen hat der Verfasser allerlei kleine Listen angewandt, das Ego,

---

[1] Tagault 'eruditissimus', 'recentium maximus chirurgus' Chir. m. V, 10 p. 332^b, IV, 14 p. 253^b, Plagiator I, 15 p. 71^b, III, 12 p. 180^b. — Falloppius als Schüler (oben S. 718) und Plagiator Chir. magna II, 2 p. 103^a.

welches Falloppia so oft in seiner zuversichtlichen Art
gebraucht, häufig zu Nos abgeschwächt, auffallende Bemerkungen weggelassen,[1] allgemeine Abschnitte unter
das Besondre eingereiht[2] u. dergl. m. Im Ganzen hat
der Fälscher recht dreist abgeschrieben und daneben
flüchtig gearbeitet. Einzelne Stellen sind durch Auslassungen unverständlich geworden.[3] Celsus muss in
einer mangelhaften Ausgabe vorgelegen haben. Selbst
die Epitome Vesals wird höchst sorglos behandelt; nicht
einmal die sinnstörenden in der Originalausgabe von
1543 angemerkten Druckfehler sind verbessert, und der
Compilator beachtet nicht, dass eine Stelle dieser Schrift
(Chir. magna I, c. 7 Anfang) ohne Beifügung der zugehörigen Abbildungen widersinnig wird.

Fragt man nach dem wirklichen Verfasser der
Chirurgia magna, so kann die Antwort kaum zweifelhaft sein. Das Buch rührt von einem ungebildeten, mit
Vesals wahrer Anatomie und Chirurgie nicht vertrauten
Manne her. Prosper Borgarucci, welcher sich von Vesal
bald bekämpfen, bald loben und als zünftigen Anatomen
behandeln lässt,[4] welcher kein Wort der Entrüstung

---

[1] Falloppias De vuln. cap. c. 17 p. 28ᵇ 'ego fui in causa
mortis centum hominum' fehlt der Chir. magna II, 2 p. 89ᵇ wo
sie sonst wörtlich abschreibt.

[2] Ausziehung der Geschosse Tagault II, 4 findet sich in der
Chir. magna III, 14 unter Verletzung des Oberarmes.

[3] z. B. Falloppius De vulner. capit. c. 21 p. 36 und Chir.
magna III, 5 p. 146: Sed [quare] si vasa secta [secta fehlt Chir.
magna] sint in temporibus, semper laqueo comprehendatis [comprehendimus], deinceps consuatis corium relicto musculo inconsuto
[deinceps corium rel. musc. consuimus], et ut cavitas humiditate
[humiditate fehlt Chir. magna] non impleatur supra medicamentum
ponite [ponimus] duplicatum linteolum [linteum].

[4] Chir. magna III, 7 p. 159ᵃ. III, 8 p. 165ᵃ. III, 16 p. 198ᵇ.

gegen die angeblich von Vesal ausgesprochene Billigung des Plagiates äussert,[1] Borgarucci besass die nöthigen Eigenschaften um die Chirurgia magna nicht nur herauszugeben, sondern auch zu verfassen.

Man mochte gehofft haben mit dem Namen Vesalius ein gutes Geschäft zu erzielen; der Buchhändler konnte dabei seine alten Holzstöcke (S. 723 f.) verwertheu. Allein das Unternehmen war nicht vom Glück begünstigt; zwar sind im folgenden Jahre, 1569, scheinbar drei weitere Auflagen erschienen, in Wahrheit ist es stets der erste Druck, nur mit geänderten Vorstücken.[2] Die erste Ausgabe blieb die einzige; der Verdacht der Fälschung belastete das Werk von Anfang an.

Nach unsern Auseinandersetzungen mit Recht. Die Chirurgia magna gehört nicht zu den echten Schriften Vesals, sie stammt von einem unzuverlässigen Gewährsmanne und ist für den Aufbau einer nach Wahrheit strebenden Vesalbiographie untauglich.

---

[1] Chir. magna I, 9 p. 61ᵃ . . ut satis argute nos docuit Leonardus Fuchsius lib. VIII de meden. morb. cap. 2. quo loco dum agit de luxatis ossibus in universum, integram tum historiam, tum verborum seriem ex Tagautio suscepit, furtumque manifestum abscondere arbitratur dum idem per eadem verba descripsit; sed quoniam exacte uterque rem pertractavit, propterea culpa uterque vacat. Zur Ehre von Leonh. Fuchs muss gesagt werden, dass er im angeführten Werke (De curandi ratione libri VIII. Lugd. 1548 Vorrede) den Tagault ausdrücklich als Quelle der chirurgischen Abschnitte hervorhebt. — Die wirkliche Ansicht Vesals über Fuchs oben S. 713.

[2] Nachweis von F. Vanderhaeghen.

C. Die lateinische Ausgabe anatomischer Schriften Galens
Venet. 1541. Basil. 1542.

An Stelle der soeben als unecht erwiesenen Werke dürfen wir nunmehr eine bisher unbekannt gebliebene, echte Schrift Vesals aufführen, die lateinische Uebersetzung einiger anatomischer Abhandlungen Galens.[1] Melchior Adam schreibt noch im Jahr 1620: Emendavit [Vesalius] etiam translationem Anatomicorum aliquot Galeni librorum. Douglas p. 88 macht die Uebersetzung der Schriften De administrat. anat. und De nervorum dissectione namhaft. In Folge der Notiz von Boerhaave und Albinus, Vesal sei vom Buchdrucker 'Aldinus Junta' in Venedig mit Reinigung des griechischen Textes und der lateinischen Uebersetzung des Galenus beauftragt worden,[2] verbreitete sich mehr und mehr die Ansicht, als wenn Vesal den ganzen Galen, sei es in beiden Sprachen, sei es in der einen oder andern veröffentlicht hätte.[3] Aber Niemand legte der Sache grosses Gewicht bei und so gab man allmählich die Angelegenheit ganz Preis. Haeser spricht 1881 und 1888 nicht mehr davon.[4]

---

[1] Hiezu kommen einige unbekannte Consilien und Briefe; ein Brief ist abgedruckt in den Beiträgen zur vaterl. Geschichte N. F. II, 178 f.

[2] Boerhaave et Albin. Vesal. Opp. 1725 præf. ** 2ᵃ.

[3] Brœckx Essai sur l'histoire de la méd. belge 1838 p. 129. Burggraeve Études 1841 p. 17. 60. Haeser Lehrbuch 2. Aufl. S. 400.

[4] Haeser, Lehrbuch II³ (1881). Biogr. Lexikon der hervorragenden Aerzte VI (1888). Tollin Biolog. Centralbl. V (1885) 247. 380, meint u. A., vielleicht liege eine Verwechslung mit Vesals von ihm selbst 1546 zu Regensburg — Tollin wollte schreiben: 1544 in Italien — verbrannten Anmerkungen zu Galen vor

Vesal selbst deutet auf seine Arbeit am Galenus mehrmals hin, sehr bestimmt da, wo er seinen frühern Lehrer Guinterius wegen der unglücklichen Uebersetzung von Os hyoides mit Schweineknochen (os suem referens) verspottet und fortfährt: cuiusmodi tamen mendas pro nostra virili nuper ex Galeno, quem et Italia et Germania latinum dedit, subduximus: Fab. 1543 I, 13. Demnach musste spätestens 1542 eine lateinische Ausgabe des Galen, an welcher Vesal mitgearbeitet hatte, in Italien und in Deutschland erschienen sein. Und so verhält es sich wirklich: Vesal hat sich an der Galenübersetzung betheiligt, welche im Jahr 1541 zu Venedig und im folgenden Jahr zu Basel erschienen ist.[1] Diese zwei Drucke enthalten:

1. Galeni De nervorum dissectione liber ab Antonio Fortolo Joseriensi latinitate donatus, et ab Andrea Vuesalio Bruxellensi aliquot in locis recognitus.

2. Galeni de venarum arteriarumque dissectione liber ab Antonio Fortolo Joseriensi latinitate donatus et ab Andrea Vuesalio Bruxellensi plerisque in locis recognitus.

---

[1] *a)* Galeni omnia opera nunc primum in unum corpus redacta: quorum alia nunquam antea latinitate donata fuerant, alia aut novis interpretationibus, aut accuratis recognitionibus sunt illustrata: singula summo studio excusa, atque e manuscriptis græcorum voluminibus infinitis pene locis restituta.
Apud hæredes Lucæantonij Juntæ Florentini Venetiis 1541. Fol.

b) Operum Galeni Tomus primus classem primam continet, quæ humani corporis fabricam, a primis eius exorsa initiis, elementis scilicet, temperaturis, et reliqua huic finitima materie, tum sectionibus tum alia haud dissimili œconomia, universam tradit: ordine clarissimo.
Basileæ 1542. (Am Schluss des Bandes: Basileæ per Hier. Frobenium et Nic. Episcopium. Anno 1542.) Fol.

3. Galeni de anatomicis administrationibus libri novem ab Joanne Andernaco latinitate donati, et nuper ab Andrea Vuesalio Bruxellensi correcti, ac pene alii facti.

In dem grossartig angelegten Werke, welches unter der Leitung von Jo. Bapt. Montanus, dem Freunde Vesals, zu Stande gekommen war, trifft man die Namen der berühmtesten ältern Gelehrten: Nicol. Leonicenus, Thomas Linacer, Erasmus, Copus; von damals noch lebenden Galenkennern Jo. Vassæus, Jac. Sylvius, Guinterius, Janus Cornarius u. A. Es war ein Bildungsmittel ersten Ranges, welches mit dieser möglichst vollständigen, genauen und lesbaren Uebersetzung den Aerzten dargeboten wurde. Und da der jugendliche Vesal um Uebernahme des wichtigsten anatomischen Werkes, der Anatomicæ administrationes förmlich gebeten werden musste,[1] so zeigt das hinlänglich wie hoch man in Italien seine humanistische Bildung und sein anatomisches Wissen schätzte.

Vesals Arbeit am Galen wird man auf das Jahr 1540 setzen müssen; sie fällt in die Zeit, wo er eifrig mit den Abbildungen und dem Text der Fabrica beschäftigt war. Ueber die Angriffe und die spätern Schicksale, welche seine Galenbearbeitung erfuhr, wird ein andres Mal zu berichten sein. Hier nur die Bemerkung, dass Vesal weit von einer rein philologischen Thätigkeit entfernt war. Sein ganzes Trachten gieng auf Feststellung der Galenischen Anatomie. Das Sprachliche kam für ihn nur soweit in Betracht, als der anatomische Inhalt dadurch berührt wurde.

---

[1] Augustinus Gadaldinus im Vorwort der Ed. 1541.

II. Urkundliches.

Aus Vesals Schriften lassen sich die sichern Umrisse seiner Biographie gewinnen; über eine Menge bedeutsamer Ereignisse jedoch sagt der zurückhaltende Mann Nichts oder er berührt sie bloss nebenhin. Zur Ergänzung dieser Lücken muss man sich daher nach andern Quellen umsehen. Nehmen wir ein Beispiel. Es ist nicht ohne Belang zu wissen ob, wann und wo Vesal den Doktortitel erworben habe. Der Autor selbst nennt sich nicht Doktor, er erwähnt der Sache mit keinem Wort. Nach Haeser [1] ist er zu Basel im Jahre 1537 Doktor geworden und seine Erstlingsschrift — Paraphrasis Basil. 1537 — stellt die Inauguraldissertation dar. [2] Thatsächlich wird Vesal von unverdächtigen Zeitgenossen als Doktor medicinæ bezeichnet; auch musste er wohl den Titel spätestens 1537 erlangt haben, da die Universität der Artisten in Padua einen graduirten Lehrer der Chirurgie forderte. [3] Nun ist Haesers Angabe unbegründet; denn

---

[1] Haeser Lehrbuch II³, 32. 36: Lexikon hervorr. Aerzte VI, 1888, 96. 97.

[2] Tollin Biol. Centralbl. V, 1885, 341. 380 kommt dagegen zum Schluss: 'Vesal war Professor geworden, ohne Doktor zu sein'; und: 'Ob er überhaupt jemals zum Doktor promoviert ist, steht .. dahin.'

[3] Facciolati Fasti Gymnasii Patavini III, 1757, 385: 1530. 13 kal. sept. . . sed schola illi [Jo. Bapt. de Lombardis] interdicta est, quod nondum Doctoris titulum obtinuisset. Die im Jahre 1495 neu veröffentlichten Statuten der Artisten in Padua sagen Lib. II, 5 (Favaro Die Hochschule Padua zur Zeit des Coppernicus, übers. Thorn 1881 S. 55 f.): Ad nullam de nostris lecturis quispiam proponatur . . nisi habuerit publicam et privatam in facultate in qua lecturus est, Doctoratus licentiam: Præterquam in rhetorica et poesi et lectura universitatis. In quibus non requiritur talis gradus.

die Basler Quellen melden Nichts von Vesals Promotion; wäre sie in Löwen geschehen, so hätte es Val. Andreas in den Fasti academici studii generalis Lovaniensis 1650 unzweifelhaft angemerkt. Die Hoffnung, dass in Paris ein unbeachtet gebliebenes Aktenstück sich finden könnte, erwies sich als irrig.[1] Aber noch eine Möglichkeit war gegeben: Heinrich Pantaleon,[2] der älteste und nicht überall zuverlässige Vesalbiograph berichtet, Vesal habe den Doktortitel in Italien erworben. Zieht man in Betracht, dass Vesal vor Antritt seines Amtes im Jahre 1537 sich zu Venedig der Studien wegen aufhielt, so klingt Pantaleons Angabe nicht unwahrscheinlich. Und in der That, Pantaleon hat Recht: Vesal ist wie sich alsbald zeigen wird, in Padua zum Doktor promovirt worden.

Ein andres Beispiel: Vesals Schriften reichen hin um die Zeit seiner Lehrthätigkeit und des sie unterbrechenden Urlaubes mit genügender Sicherheit zu bestimmen; allein man möchte über jene Periode noch viel Mehr und Genaueres erfahren. Dass Akten vorhanden sind, ergiebt sich aus den die Universität Padua behandelnden Werken von Tomasini, Papadopoli, Facciolati und Tosoni. Doch machen sie nur fragmentarische Mittheilungen und ziehen widersprechende Schlüsse. Diese Angelegenheit und die Frage von der Doktorpromotion war einer genauern Prüfung werth. Meine in

---

[1] Für die Nachforschungen, welche Herr Dr. Ad. Streckeisen auf meinen Wunsch zu Paris im Jahre 1885 unternommen hat, spreche ich ihm meinen aufrichtigen Dank aus.

[2] Prosopogr. 1566 III, 271: cum hoc modo Andreas per multos annos in Italia vixisset et Doctoris insignia comparasset in Germaniam rediit, und: Teutscher Nation Heldenbuch 1578 III, 273.

Merz 1886 zu Venedig und Padua unternommenen Nachforschungen förderten nicht nur das bisher unbekannt gebliebene Protokoll von Vesals Promotion, sondern eine Reihe lehrreicher Dokumente zu Tage,[1] welche hier in chronologischer Ordnung zum Abdruck gelangen.[2]

I. Protokoll von Vesals Doktorpromotion in Padua. Die Zulassung erfolgte am 1., das Tentamen am 3. und das Rigorosum am 5. Dezember 1537. (Schon am folgenden Tage, 6. Dezember, begann Vesal, wie aus einer andern Quelle hervorgeht, seine erste öffentliche Anatomie.) Die Gebühren betrugen cum ultima diminutione 17 ½ Dukaten.

II. Das auf zehn Jahre ausgestellte Venetianische Privilegium für den Druck der Tabulæ anatomicæ.

III. Erneuerung von Vesals Anstellung. (Die Urkunde der erstmaligen Ernennung zum Professor der Chirurgie fehlt.)[3]

---

[1] Bei dieser Gelegenheit spreche ich allen denjenigen Herren, welche meine Untersuchung in zuvorkommender Weise unterstützt haben, den tiefgefühlten Dank aus. In erster Linie dem gelehrten Schweizerischen Consul, Caval. Victor Cérésole in Venedig und dem Galileiforscher Caval. Prof. Antonio Favaro in Padua; nicht minder dem Vizedirektor des Museo Civico in Padua, Herrn Pietro Baita, welcher mir bei der Lesung der meisten Urkunden seine Hilfe geliehen hat; dann den Herren Bibliothekar Camillo Soranzo und Archivdirektor Cecchetti in Venedig, Herren Professor Gerardi in Padua und Archivdirektor C. Malagola in Bologna.

[2] Gedruckt sind bisher wohl nur XII. XIV, ausserdem Bruchstücke von III und V bei P. Tosoni Della Anatomia degli Antichi e della Scuola anat. Padovana 1844, p. 74. 84 s.

[3] Vielleicht kannte sie noch Ant. Riccobonus De Gymnas. Patav. 1598. Wenigstens setzt er p. 25ᵃ unter den Explicatores Chirurgiæ Andr. Vesal. Bruxell. richtig zum Jahre 1537 an.

IV. Rotulus für das Studienjahr 1541 auf 42. Die Urkunde deutet auf Bevorzugung hin, welche von gewisser Seite dem Realdus Columbus zu Theil wurde.
V. Entscheidung zu Gunsten Vesals.
VI. Bezieht sich auf die letzte öffentliche Anatomie, welche Vesal vor Antritt des Urlaubes (1542) abhielt.
VII. Erneuerung der Anstellung.
VIII. Handelt von der während Vesals Abwesenheit durch Realdus Columbus verrichteten Anatomie
IX. Rotulus für das Studienjahr 1543 auf 44 (im Rotulus vom 19. August 1542 werden Chirurgie und Vesal nicht aufgeführt).
X. Entwurf eines Gesuches um Auszahlung der rückständigen Besoldung Vesals. Das Schreiben ergiebt bestimmt, dass Vesal mit Urlaub gereist war.
XI. Entwurf eines Gesuches um Verschiebung der Anatomie bis nach Epiphanias (1544). Die letzten sechs Zeilen und einige Verbesserungen rühren von einer andern Hand.
XII. Ernennung des Re. Columbus zum Nachfolger Vesals.
XIII. Druckerprivilegium für Vesals Schrift Anatomicarum Gabr. Fall. observatt. examen und für die Vertheidigungsschrift des Gabr. Cuneus (oben S. 711 f.).
XIV. Thut dar, dass kein urkundlicher Beleg für Vesals Berufung an Falloppias Stelle vorhanden ist.

Die Datirung der doppelt vorhandenen Urkunde bezieht sich einmal auf die Beschlussfassung, das andere Mal auf die Mittheilung des Beschlusses an die zuständige Behörde.

. Archiv der Universität Padua. Fasc. sign. 1536. 3 aprilis usque 1538. 13. maij. p. 41ª — 42ª.

p. 41ª]

1537. Indict. Xª. Die Sabbati primo decembris in ecclesia S^{ti}. Urbani de mane Convocato etc. mandato excellentissimi artium et medicinæ Doctoris D. Hieronymi maripetro prioris, et doctorum consiliariorum suorum

Gratiæ in medicinis cum ultima diminutione videlicet ducat. 17 ½ D. Andreæ Vesalii bruxellensis filius alterius D. Andreæ, Quas obtinuit nemine penitus dissentiente

Quibus gratiis obtentis Idem D. prior Jussit
. . . .

Et interfuerunt omnes D. Doctores infrascripti videlicet

D. Hier^s. Maripetro
D. Marcus Trivisanus
D. Hier^s. de Urbino
D. franc^s. de Cresscentiis
D. ludovicus pasinus

D. petrus de noali
D. franc^s. frizimelega
D. hier^s. Coradinus

D. andreas de mantua.
D. hier^s. stephanellus.
D. paulus de grassis
D. christophorus a s^{to}. maximo.
Præsentes ad tentamen
D. paulus de grassis.
D. ludovicus pasinus
    ad examen
. D. Marc^s a mulio
D. Ant^s. Carariis.

[p. 41ᵇ]

1537 Indict. Xᵃ Die lunæ 3º. decembris de mane in ecclesia sᵗⁱ. urbani paduæ

Convocato etc.

Tentamen ultrascripti D. Andreæ in medicinis, Qui fuit approbatus omnibus suffragiis, et nemine penitus dissentiente, sub promotoribus suis,
D. hierᵒ. de tolentino
D. odo de odis
D. francᵒ. frizimclega
·D. hierⁿ. Coradino
D. paulo de grassis
et Illico Juravit in forma etc.

Et Interfuerunt omnes doctores infrascript

D. hierˢ. maripetro
D. marcus Trivisanus
D. hierˢ. de urbino
D. francˢ. de Crescentijs.
D. Ludovicus pasinus
D. hierˢ. de tolentino
D. odus de odis
D. francˢ. frizimelega
D. hierˢ. coradinus
D. hierˢ. stephanellus
D. paulus de grassis
D. christophorus a sancto maximo.

[p. 42a]

1537. Ind. X^a Die mercurij 5. decembris in aula episcopali paduae de mane,

Examen in medicinis contrascripti D. Andreæ vesalij:

Convocato etc. in praesentia Reverendi Juris utriusque Doctoris D. presbyteri Jacobi rotta, |
vicarij surrogati, ultrascriptus D. andreas vesalius fuit in medicinis |
conventuatus private et rigorose supra punctis suis sibi hesterna |
Die assignatis, et quia se optime gessit In hoc suo rigoroso |
Examine etc. Ideo ab omnibus D. Doctoribus Ibi in collegio tunc |
existentibus, fuit approbatus nemine penitus dissentiente, ac |
sufficiens in medicinis judicatus, ac per præfatum eximium dominum |
vicarium Surrogatum pronuntiatus in forma etc.

Et Illico. ex^{mus}. ar. et med. doc. D. franc^s. frizimelega nomine suo, et aliorum suorum Doctorum compromotorum ei Insignia in ipsa facultate Tribuit.

Et Interfuerunt omnes D. doctores infrascripti videlicet

D. ludovicus Carensius
D. hier^s. maripetro
D. ant^s. de Cararijs
D. marcus Trivisanus
D. hier^s. de Urbino
D. franc^s. bonafides
D. franc^s. de Crescentijs
D. ludovicus pasinus
D. ant^s. de Soncino
D. paulus a Sole
D. hier^s. de tolentino

D. odus de odis.
D. hier^s. de s^{ta}. † [Cruce]
D. franc^s. frizimelega
D. sebbastianus guidonus
D. hier^s. Coradinus
D. andreas de mantua
D. hier^s. de Leone
D. hier^s. stephanellus
D. paulus de grassis
D. christophorus de S^{to}. max^o. et
D. alexander a quantis:

II. Staatsarchiv Venedig. Senato I. R⁰ 30. Terra 1538—39. p. 20ᵇ.

1538 Die iij Maii

Che al sopradetto supp^{te}. Andrea Vensalio sia per autorita di questo cons⁰. concesso di poter far stampar le tavole della anathomia dechiarite nella supp^{nt}. soa, si come in quella si contiene per anni X. proximi, et sia obbligato osservar tutto quello, che per le lege nostre In materia di stampe e disposto.

III. Staatsarchiv Venedig. Senato I. R⁰ 30. Terra 1538—39. p. 139ᵃ.[1]

1539 Die VI octobris

L'eccellente Domino Andrea Vassalio Germano che ha lett la chyrurgia questi anni passati nel studio nostro di padoa ha dimonstrata tanta peritia nella anatomia et arte di seccar li humanij Corpi Chel artificio suo In ciò é exis timato admirabille Et incomparabile Et ha eccitato tal desiderio di lui in Tutti quelli scholari che e summa mente da loro rechiesto, et ne é fatta grandissima in stantia che debbiamo Intertenerlo con qualche augument di Salario Onde essendo egli nonmeno dotto in ogni altr parte della Chyrurgia diquello che sia nella anatomi Et per cio molto utile et grato atutto quel studio nostr e aproposito recognoscere la virtù soa Perho

L andera parte che Il detto Eccellente Maestro Ar drea Vassalio Germano sia ricondutto aleger la Chirurgi nel studio nostro di padoa Cum obligatione di tagliar Corpi humani ogni fiata che accadera per la utilita publi per anni dui di fermo et uno di rispetto. Ilqual sia aben placito della Signoria nostra Et al salario annuo di fiori 40 che egli ha alpresente li siano aggiunti altri fiorini siche Intutto lhabbia fiorini 70 al anno si come meri la Industria et rara virtu sua.

---

[1] Dasselbe Dokument, etwas anders stilisirt, dat. 2. April 15 in Raccolta Ducali II, 99ᵇ Museo Civico Padua. Hievon Abschr in Racc. Minato 20, 31ᵃ Univ. Arch. Padua.

IV. Archiv der Universität Padua. 28 Atti dell' Università Artista 1434—1436. 1531—1557. R. M. p. 79, B, a.

[Rotulus dat. Die mercurij X. mensis augusti 1541]

. . . .

        Ad cyrugiam in primo loco
Ex^s. D. Andreas Vesalius bruselensis germanus per hac fuit confirmatus
        Ad Cyrugiam in 2º loco cum condicione quodsi ex^s D. Andreas Vesalius habuerit [?] literas confirmationis
        amborum locorum Cirugiæ quod tunc habeat ipse duo loca Cirugiæ Idem D. Andreas:
Et per D. Joannem antonium Schilinum [?] electus fuit Ex^s D. Realdus Columbus : de Cremona :

. . . .

V. Museo Civico Padua. Raccolta Ducali II, 138. [1]

Petrus Lando
Rotulum spectabilis Universitatis Scolarium Artistarum, quem ad nos inclusum vestris litteris diei 26 : Augusti proxime præteriti misistis, ac rite factum affirmatis, confirmamus atque approbamus in omnibus præter in ea parte ubi fit mentio de secundo loco Chirurgiæ ad quem electus fuit D. Realdus Columbus de Cremona, namque volumus solum D. Andream Vesalium pronunc Lectionem Chirurgiæ legere ad quam per Senatum deputatus est cum autem alio tempore venerit occasio non deerimus satisfacere illis spectabilibus scolaribus, quamobrem vos ita curabitis ut exequatur atque observetur.
    Datum in nostro ducali palatio die 17 octobris indict. XV. 1541.

---

[1] Hievon Abschrift in Raccolta Minato 20, 31^b Univ. Archiv Padua.

VI. Archiv der Universität Padua. 28 Atti dell' Università Artista 1434—1436. 1531—1557. R. M. p. 87ª.

die Veneris 30 mensis decembris [1541]
Congregati in scolis s^{ti}. blasii M. D. Rector Sapiens et Consiliarii decem veri ubi omnibus assentientibus capta et obtenta fuit pars.... Praeterea elligerunt D. Andream Vesalium in lectorem ostensorem et incisorem anothomie per fiat.

VII. Staatsarchiv Venedig. Senato I. R° 32. Terra 1542—154⁞ Agosto. p. 59ª.[1]

1542 De mense augusti
. . . . .

Die XIIª augusti.
Essendo apresso Il fine la condutta dell. Eccellente D⁞ andrea vessalio Germano et qual legge la cherugia n⁞ studio nostro di Padoa et si puo dire che habbia a ques⁞ tempi Illustrata l'arte dell anotomia nella quale In ver e eccellentissimo e percio e molto desiderato da scola⁞ é conveniente cosa ricondurlo con quel modo che meri⁞ che merita la singulare sua vertu pero

L' andera parte chel detto D. andrea vessalio sia rico⁞ dutto di legger nel prefato [?] studio di padoa al soli⁞ suo luogo di chiruggia per anni Tre di fermo et uno rispetto, el qual sia a beneplacito della Signoria Nost⁞ con salario di fiorini 200, all' anno el qual habbia a co⁞ rerli a [?] principio del studio.

---

[1] Dasselbe besser stilisirt, dat. 19. Merz 1543 in Raccolta D⁞ cali III, 4^b Museo Civico Padua. Hievon Abschrift Raccolta Min.⁞ 20, 32ª Univ. Archiv Padua.

III. Archiv der Universität Padua. 28 Atti dell' Università Artista 1434—1436. 1531--1557. R. M. p. 102ᵃ. ¹

o d. Realdo Columbo lico factum fuit mandatum . Realdo Columbo de)rcuis viginti.

Die 19 Januarij 1543

Congregati In scolis bovis Magᵘˢ D. Hieronymus Censoreus [?] bassianus vice rector spectabilis d. sapiens et consiliarij veri decem computatis tribus substitutis et fiat captum et obtentum fuit quod Exˢ D. Realdus Columbus deputatus ad Incidendam anathomiam habere debeat pro computo eius mercedis incidendi omnes pecunias quæ exigebantur pro secundo loco suphistarie nunc vacantis: et quod fiat ipse D. Reald mandatum [?] ad exigendum dictum Salarium secundi loci sufistarie pro anno praesenti: videlicet florenorum viginti.

X. Archiv der Univ. Padua. 28 Atti .. R. M. p. 101ᵃ.

Rotulus Almæ Universitatis D. Artistarum et medicorum paduæ. Anni 1543.

. . . .

ad Cyrugiam in ambobus locis
  Exˢ D. magister Andreas Vesalius brugelensis
  germanus leget anathomiam.

K. Archiv der Universität Padua. 28 Atti .. R. M. p. 111ᵃ.

Magnifici et clarissimi patres et patavini gymnasii Instauratores dignissimi . . . . . .

oltra questo se supplica vostra Magnificenza ch' volgia far che la excellentia de messer andrea vesalio habia li

---

¹ Ebenda p. 138ᵇ Fliegendes Blatt, unrichtiger Weise zwichen zwei Aktenstücke vom 26. Januar 1545 eingeheftet: die Veıeris 19 mensis Januarij Convocata Universitate v. Rect. Sap. Coniliarij Veri 10 et 3. sub: Capta fuit pars quod D. Realdus Coumbu pro suo labore et premio debeant consignari totidem pe:unie secundi loci sophistariæ quæ Vacat obtenta fuit per fiat

suoi danari quali li furno tolti atorto, nelo anno passado attento che lui hebbe comissione di partirsi che non l sarebbe sta molestato. Il suo stipendio et dil Tutto. v. M si supliccemo v. M. Il in tal casso non ve manccar d(esserne favorabille.

actum in collegio artistarum del 10mo X^{bris} 1543

E. M. v. Deditissimi vicerector et consiliarii.

XI. Archiv der Universität Padua. 28 Atti .. R. M. p. 113^a.

DD. patres et almi gymnasii pat^j Instauratores magnific mag^{ci}. et clar^{mi}. sig^{ri}. per haver inteso la spectabile Uni versita nostra de li artista lultima Volonta de le Cla Mag^{cie}: Vostre circa il leger da poi la pifina et che quell non vogliono che se impediscono per la anathomia le le tione ordinarie, la qual cosa se le Clar^{me}. Mag^{cie}. V. por essero ad executione sarebbe danno e vituperio grand del studio nostro di Padoa Conciosiacosache il fine pi utile della Medicina sia la cognitione del Corpo humar e tanto piu per haver questo excellen^{mo}: doctor il qu adesso ha mandato fora queste sue opere e cerca veri carle in tutto chome ogni giorno sensibilmente ci dimostr Et poi per esser mancato gia uno anno di far sua soli ostensione, ogni uno con gran desiderio cerche udir Et chel sia il vero la sua audientia ne fa testimonio, Ir perhoche dal primo fino al ultimo se vi aritrova alla s audientia: 500 scholari et piu. Dapoi supplicamo V. C. che non ci voglano far peggio al presente che li an passati

et secondo la consuetudine sempre ne hanno fate al bona gran ... [2 Worte unleserlich].

Paduæ ex officio Artistarum

28 X^{bris} 1543.

Die 28 X^{bris}

Congregati M. D. Gregorius Zucharo romanus vice rec Sapiens et Consiliarij X veri et obtentum fuit quod sc bantur suprascriptæ literæ per. fiat

II. Staatsarchiv Venedig. Senato I. R° 33. Terra 1543 settembre 1544. p. 128 b. [1]

1544 Die 8 octobris.

Essendo partito del studio nostro di Padoa Mistro Andrea vessalio, et quale leggeva la chirugia, et haueua el carrico di fare l'anotomia e necessario di provedere di uno altro perito et bon dottore, che sustenti quel luogo, et havendosi bona relation de maestro Realdo Columbo da Cremona D. el quale si ha essercitato longamente in tal arte, et particularmente in luogo del detto mistro Andrea, per il tempo ch'ello e stato absente pero

L' andera parte che el p.to maestro Realdo Columbo sia condutto a legger nel studio nostro di Padoa la lettione della chiruggia con obligatione di tagliare ogni fiata, che occorrera farsi l'anatomia per anni dui di fermo, et uno di rispetto el qual sia a beneplacito nostro, et li sia constituito salario de fiorini settenta all' anno.

III. Staatsarchiv Venedig. Senato I. R° 45. Terra 1564—65. p. 27 b.

1564 Di 6 detto [maggio]

. . . . . .

Il medesimo sia concesso à Francesco Senese per efemeride latino composto da Iseppo Molati.
Il medesimo per l'opera intitolata l'essame di D. Andrea Vessalio dell' osservationi annotomiche del q. D. Gabriel Faloppio, et nell' essame di D. Gabriel Cumeo dell' apologia di Franc°. Puteo per Galeno nella anatomia, essendo tenuti ad osservar quanto è disposto per le leggi nostre in materia di stampe.

---

[1] Fast gleichlautend, dat. 24. October 1544 in Raccolta Duali III, 26 b Museo Civico Padua. Hievon Abschrift Raccolta Minato 20, 33a Univ. Archiv Padua.

XIV. Staatsarchiv Venedig. Senato I. R⁰ 45. Terra 1564 — 65 p. 114ª.

1565 Di 10. april

Vaccando nel studio nostro di Padova la lettura de Chirurgia per la morte del q. Eccellente Falopio, et convenendosi far provisione de persona sufficiente à tal carico per esser tal lettione multo utile, et necessaria in dette studio, havuta buona relatione della dottrina, et sufficientia dell' Eccellente Domino Hieronimo Fabritio d'Acquapendente, et massimamente per la riuscita, che ha fatto ultimamente in tagliar l'anotomia.

L'anderà parte che detto Eccellente M. Hieronim sia condutto à legger la sopradetta lettione di Chirurgia con obligo de far anco l'Anotomia alli soi tempi per anr quattro di fermo, et doi de respetto, quali siano à bene placito della Signoria nostra con salario de fiorini cent all' anno, et à ragion di anno, qual hàbbi à cominciar legger al principio del studio.

III. Zeitgenossen und etwas spätere Schriftsteller.

Aussagen gleichzeitiger Schriftsteller über Ves liegen in ansehnlicher Zahl vor; sie besitzen sehr ve schiedenen Werth und bedürfen sorgfältiger Abwägun Jede Notiz dieser Art muss durch Vergleichung n glaubwürdigen Quellen und unter Berücksichtigung all in Betracht fallenden Umstände geprüft werden. erweisen sich zahlreiche Angaben als zweifelhaft, irr oder erfunden — man vergleiche oben Cardanus u Borgarutius —, wieder andre als möglich oder wahr. Aus den letzten wird nicht unerheblicher biog phischer Stoff, aus allen zusammen Einblick in die ze genössische Beurtheilung Vesals gewonnen. Leider iel vom Bedeutendsten unrettbar verloren gegangen: on den zahlreichen an Vesal gerichteten Briefen [1] haben ch mit Mühe zwei oder drei auffinden lassen. Auch er Untergang einer Vita Vesalii von Hieron. Cardanus [2] t trotz der Unzuverlässigkeit ihres Verfassers sehr zu edauern; war doch Cardanus einer der begabtesten achgenossen des grossen Anatomen gewesen.

An die gleichzeitigen schliessen sich die nachzeitenössischen Berichterstatter an — ich ziehe die untre renze mit dem Jahr 1650 —; sie verdienen Aufmerkımkeit weil sie hie und da aus alten Quellen schöpften nd jedenfalls den von Vesal entzündeten Kampf um ie Galenische Anatomie miterlebten. Vor Allem wichg ist diese spätere Periode desshalb, weil sie die usammenhängende Vesalbiographie zur Entwicklung ringt. Gegenüber der einzigen ältern, von Pantaleon S. 734) herrührenden Lebensbeschreibung erscheinen unmehr rasch nach einander die von Miræus, Castellaus und Melchior Adam. Adam, der gelehrte Verfasser er Vitæ Germanorum Medicorum 1620, muss als Schöpfer esjenigen Vesaltypus bezeichnet werden, welcher während eines vollen Jahrhunderts fast allgemein gegolten at und in Manchem noch heute gilt. [3] Der grosse

---

[1] Literæ cumulatim mihi absenti acervatæ Epist. Chyn. 1546 . 11.

[2] Nachricht hierüber (nach Argelati) in Cenni storici sulle ue Università di Pavia e di Milano. Opera postuma di P. Saniorgio .. pubblicata .. per cura di F. Longhena. In Milano 1831 . 171—173.

[3] Adams Buch freilich ist heute wenig bekannt. Beispiele: V. Grundhoffs Diss. Berol. 1860, ein arges Plagiat aus M. Adam nebst einer Stelle aus Burggraeve), und Doctor Joh. Weyers neuste iographie (1885), deren Verfasser die Vita Wieri von 1660 in I. Adam p. 186 hätte finden können.

Erfolg der Adam'schen Vesalbiographie zwingt uns zu ihrer genauern Untersuchung.

Nach einer etymologischen Spielerei über den Städtenamen Wesel behandelt Adam die Vorfahren Vesals giebt Ort und Zeit seiner Geburt nebst Varianten, erwähnt der philosophischen Studien in Löwen und der Zergliederungsversuche an Mäusen und andern Thieren Es folgt die Lehrthätigkeit in Basel, Padua und 'fas allen italienischen Universitäten'. Im achtundzwanzigsten Jahre schrieb Vesal die Fabrica, 'ebenfalls zu Basel die Paraphrase des neunten Buches von Rhazes, der Brief über den Aderlass und den über die Chinawurzel Dann wurde Vesal zum Leibarzt Karls V. und Philipp II. ernannt und schenkte im Jahre 1542 bei seiner Wegzug von Basel der Universität ein Skelett. Di Inschrift dieses Skelettes (mit der Jahrzahl 1546) wir mitgetheilt. Am Hofe verrichtete Vesal glückliche Kurer dem Grafen Maximilian von Beuren sagte er Stund und Augenblick des Todes vorher. Daran schliesst sic die Erzählung von der Kopfverletzung des spanische Infanten Don Carlos, die Reise nach Jerusalem, Schif bruch, Krankheit und Tod Vesals auf der Insel Zant nebst der Grabinschrift. Nach einem Epigramm de Bened. Arias Montanus wird der Bericht von Hubertu Languetus über die Jerusalemreise mitgetheilt, Fallo pias Hochachtung vor Vesal geschildert, der gege Vesal gesponnenen Ränke Erwähnung gethan. De Schluss bildet ein Verzeichniss von Vesals Werken u die Angabe einiger biographischer Quellen.

Wie man sieht ist Adams Darstellung wenig me als eine Sammlung von Anekdoten. Sie bringt Vielerl liest sich gut und erweckt durch einige Jahrzahlen u Randbemerkungen den Schein von Zuverlässigkeit. Do entgeht dem aufmerksamen Leser nicht die doppe

.tirung des Basler Skelettes, auch nicht der Anschluss
r Erzählung von Don Carlos an die des Grafen Egmont,
ich als wenn erstrer seine Verletzung in Brüssel und
ht in dem spanischen Alcalá erlitten hätte. Adams Bio-
phie erregt also von vornherein etwelches Bedenken.
hen wir uns nunmehr nach seinen Quellen und deren
rwendung um. Er selbst beruft sich auf den Geschicht-
reiber Thuanus, die Aerzte Argenterius, Zwinger,
henck, P. Castellanus und auf handschriftliche Samm-
gen; aus letztern stammt ohne Zweifel der Brief des
b. Languetus an Caspar Peucer. Indessen hat sich
lam keineswegs auf die genannten Quellen beschränkt,
schöpft, wie sich zeigen lässt, ausserdem aus Paul
er, Conr. Gesner, Wolfg. Justus, Hizler, Pantaleon,
Bizarus, Wurstisen, Reusner und Miracus, mithin aus
ier recht stattlichen Zahl von zeitgenössischen und
vas spätern Autoren. Vergleichungen ergeben, dass er
ne Quellen meist wortgetreu oder nur mit leichten
)änderungen wiederholt. Jeder Abschnitt beruht auf
ndestens Einem, manchmal auf mehrern Gewährsmän-
rn. So erweist sich das Ganze als eine höchst kunst-
che Mosaikarbeit. Für die wenigen in den aufgeführten
itoren nicht enthaltenen Zeilen und Randbemerkungen
der Schluss gestattet, dass auch sie auf ältern, zum
ieil wohl handschriftlichen Quellen beruhen. [1]

---

[1] Nachweis der Quellen M. Adams: p. 129 Z. 6 v. u. bis 4
1. aus ? — Adam p. 129 Z. 4 v. u. bis 2 v. u. aus P. Castella-
 p. 197, 6 v. u. — p. 129 Z. 2 v. u. bis p. 130, 8 aus P. Cas-
.anus p. 197, 4—17. — Adam p. 130, 8—11 aus Th. Zwinger.
Adam p. 130, 12 aus Castell. p. 197, 2 v. u. — Adam p. 130,
14 aus ? — Adam p. 130, 14—16 aus Hizler, Pantaleon, P.
r, Castellanus. — Adam p. 130. 16. 17 aus Miræus. — Adam
130, 18—20 aus Miræus und Castellanus. — Adam p. 130, 20—

Aus dem Gesagten erhellen ohne Weiteres die Vo[r]
züge und Schwächen der Adamschen Compilation. A[ls]
Sammelstelle einer Menge von alten, zum Theil ve[r]
lorenen Quellen ist sie noch heute unentbehrlich. Ob[-]
schon der Verfasser nirgend aus Vesal selbst schöp[ft]
sind doch einige Abschnitte durchaus oder nahezu ric[h]
tig gerathen: sie stammen von zuverlässigen Gewähr[s]
männern wie C. Gesner und Th. Zwinger. Weil ab[er]
Andres geringern Quellen entnommen, Einiges unric[h]
tig eingefügt oder zusammengesetzt oder in sinnstöre[n]
der Weise abgeändert wurde [1], so beherbergt die Arbe[it]
nothwendig zahlreiche Fehler. Adam hat eine zw[ar]
unentbehrliche aber nur mit grosser Vorsicht zu b[e]
nutzende Vesalbiographie geliefert. Seine fleissige, v[on]
Hochachtung für Vesal getragene, aber ohne genügen[de]
Kritik und tieferes Verständniss abgefasste Darstellu[ng]
ist von den spätern sehr häufig direkt und indirekt a[us]
geschrieben worden. Man erkennt Adam gar oft, sei[

---

23 aus Th. Zwinger. — Adam p. 130, 23—32 aus Miræus. — Ad[am]
130, 32—34 aus Th. Zwinger. — Adam 130, 34—41 aus C. Ges[ner]
— Adam 130, 42 bis p. 131, 1 aus Miræus. — Adam p. 1[31]
1—6 aus Pantaleon 1566. — Adam p. 131, 7 bis Ende der S[eite]
aus Urstisius 1577. — Adam p. 132, 1—7 aus Pantaleon. — A[dam]
132, 7—15 aus Thuanus. — Adam 132, 16. 17 aus ? — A[dam]
132, 18—37 aus J. Schenck 1609. — Adam 132, 38. 39 aus [Mi]
ræus. — Adam 132, 39 s. aus Pantaleon. — Adam 132, 40 [bis]
p. 133, 11 aus Miræus, Thuanus, Bizarus. — Adam p. 133, 1[2—]
17 aus Nic. Reusner Imagines. — Adam 133, 18—36 aus [
Languetus. — Adam 133, 37 s. aus ? — Adam 133, 38 bi[s]
134, 8 aus Th. Zwinger. — Adam 134, 8—17 aus Argente[rius]
— Adam 134, 18—26 aus Castellanus. — Adam 134, 27. 28 [aus]
Wolfg. Justus.

[1] Der Irrthum in der Jahrzahl der Inschrift des Basler [Porträ]
lettes ist vielleicht ein blosser Druckfehler.

der ganzen Haltung, sei es in einzelnen Abschnitten
ler Wendungen[1] der neuern Lebensbeschreibungen
ieder. Umgekehrt, was Adam nicht enthält — und das
; sehr Viel — fehlt gar oft auch seinen Nachfolgern.
ll das versteht man leicht, nur Eines nicht, wie mehrere
iner handgreiflichen Irrthümer bis in die jüngste Zeit
iberichtigt geblieben sind.

IV. Neuere Schriftsteller.

Bald nach dem Jahre 1650 finden sich die An-
nge zur Vertiefung der Vesalbiographie. James Dou-
as (1715) hat sich schon recht eifrig mit dem Sam-
eln von Materialien abgegeben. Die völlige Neugestal-
.ng der Vesalbiographie geschah im Jahre 1725 durch
e grossen Leydner Gelehrten Hermann Boerhaave und
ernhard Siegfried Albinus. Die zwei Forscher grün-
ın ihre Arbeit grösstentheils auf die besten Quellen,
e Vesalischen Werke. Nach raschem Ueberblick über
e ältere Anatomie behandeln sie eingehend Vesals Stu-
enzeit, wobei der Aufenthalt in Paris zur Geltung
ılangt, dann seine anatomische Thätigkeit in Italien.
ie Anwesenheit in Venedig, die Freundschaft mit La-
ırus Hebræus de Frigeis und die zweite italienische
eriode werden erwähnt. Sie beleuchten zum ersten

---

[1] Beispiel: M. Adam sagt p. 130 von der Epist. Chyn.: 'in
ıa anatomica multa tractantur: etsi titulus ea non promittat'. Die
endung kehrt wieder bei Gölicke, Douglas und Tosoni (1844).
rsprünglich rührt sie von Conrad Gesner (1555) her.

Male klar und vielseitig die erstaunlichen Leistungen Vesals auf dem Gebiete der Anatomie. Die Fabrica bezeichnen sie als opus incomparabile anatomicum, quod periturum nunquam, omnis aevi tempore praeclarissimum habebitur omnium, quæ in hanc usque horam ab ullo mortalium edita fuerunt.[1] Sodann kommen die den Neuerer erwachsenen Feindschaften zur Besprechung, wobei Vesal gegen die Anschuldigungen des jünger Riolan kräftig in Schutz genommen wird. Als Bewei für Vesals ärztliche Kunst, die er später bei Hofe aus übte, bringen die Verfasser die berühmte Beobachtun eines Aortenaneurysma bei. Vesals Stellung zur Geist lichkeit, seine wichtigsten Entdeckungen und seine Nach folger bilden den Schluss der glänzend geschriebene Abhandlung. Alle von den Verfassern aufgefundene Einzelheiten können hier nicht erwähnt werden. Nu Das sei noch angemerkt, dass sie zum ersten Ma genaue Datirungen versuchen: mit Glück ist d Abfassungszeit der Fabrica bestimmt worden. Au haben sie als Geburtsdatum den 31. Dezember 15 gewählt.

Albins und Boerhaaves Arbeit beansprucht eilf Foli blätter, während für Adam fünf Oktavseiten genü hatten. Unter den Händen der Leydner Forscher h sich die frühere Anekdoten- und Notizensammlung z geordneten, zusammenhängenden, mit Quellen belegt Geschichte, mit Einem Worte zur wissenschaftlich Biographie umgewandelt. Sie haben einen neuen, d zweiten Vesaltypus geschaffen. Nichts spricht so auge scheinlich für die bedeutende Leistung von Boerhaa

---

[1] Andr. Vesalii Opp. omnia anatomica et chirurgica cura Boerhaave et B. S. Albini I, 1725, præf. ****b: vgl. ******2ᵃ.

und Albinus als die Thatsache, dass ihre Darstellung sich mehr als anderthalb Jahrhundert, bis auf die Jetztzeit behauptet hat.

Aber bei aller Hochachtung vor dem Verdienst jener Männer muss ausgesprochen werden: ihre Biographie reicht heute nicht mehr aus. Einmal hat sich der Stoff massenhaft vermehrt. Ich erinnre bloss an die inzwischen zum Vorschein gekommenen Tabulae anatomicae Vesals. Sodann erlauben und verlangen die von jenen Schriftstellern verarbeiteten Quellen heutzutage eine ausgiebigere Sichtung und Ausnutzung. Die Leydner haben, wie wir jetzt wissen, den Fehler begangen die Apologie des Gabriel Cuneus und sogar die Chirurgia magna des Prosper Borgarutius für echte Vesalische Werke zu erklären (S. 710. 715). So sind mehr oder minder erhebliche Irrthümer in die Biographie gekommen. Auch wurden die echten Schriften Vesals nicht in vollem Umfang von Boerhaave und Albinus verwerthet: die erste Ausgabe der Fabrica ist nahezu unbeachtet geblieben. Endlich erhebt sich der Einwand gegen jene Forscher, dass sie sich von den abgeleiteten Quellen nicht ganz losgesagt haben. In manchen untergeordneten Dingen gehen sie nach Melchior Adam; geradezu verhängnissvoll aber ist Adams Einfluss für die Chronologie und damit für einen grossen Theil von Vesals Leben und Wirken geworden. Mit Recht unterscheiden die Leydner Biographen zwei italienische Perioden: aber indem sie den ersten Aufenthalt unrichtigerweise auf sieben Jahre ausdehnen,[1] für die Zwischenperiode sich an M. Adams irrige Skelettinschrift

---

[1] Sie thun dabei einer richtigen, wahrscheinlich auf Ricconus (oben S. 735, 3) fussenden Angabe des Castellanus (1618) wang an.

(S. 748) halten und damit die zweite Reise nach Italien verknüpfen, haben sie den bedeutsamsten Lebensabschnitt Vesals in grenzenlose Verwirrung gebracht. Hätten die Verfasser Vesals Angaben getraut oder sie genauer erwogen, so wäre der Irrthum vermieden worden.

Seit Albinus und Boerhaave ist die Vesallitteratur durch einige werthvolle Hilfsarbeiten bereichert worden. Albrecht von Haller hat einen nicht zu unterschätzenden biographischen und einen unerschöpflichen bibliographischen Stoff gesammelt. Sehr hoch sind die Leistungen von L. Choulant zu veranschlagen, welcher die fas[t] verschollen gewesenen Tabulæ anatomicæ in medizini[]schen Kreisen bekannt machte und die Schicksale de[r] Vesalischen Abbildungen überhaupt sorgfältig verfolgte[.] In letztgenannter Richtung ist auch E. Turner mit Er[]folg thätig gewesen. Sir W. Stirling-Maxwell gebüh[rt] Dank für photographische Vervielfältigung der dem Ur[]tergang nahen Tabulæ anatomicæ. Ganz neuerlich liefert F. Vanderhaeghen eine mit grösster Genauigkeit un[d] scharfer Kritik gearbeitete Bibliographie der Vesalische[n] Schriften.